나비야, 나야

시작시인선 0226 나비야, 나야

1판 1쇄 펴낸날 2017년 2월 28일
지은이 오 늘
펴낸이 이재무
책임편집 박은정
디자인 이영은
펴낸곳 (주)천년의시작
등록번호 제301-2012-033호
등록일자 2006년 1월 10일
주소 (04618) 서울시 중구 동호로27길 30, 413호(묵정동, 대한문화원)
전화 02-723-8668
팩스 02-723-8630
홈페이지 www.poempoem.com
이메일 poemsijak@hanmail.net

ⓒ오 늘, 2017, printed in Seoul, Korea

ISBN 978-89-6021-317-3 04810
       978-89-6021-069-1 04810(세트)

값 9,000원

나비야, 나야

오 늘

천년의시작

어떤 불행은 한 줄 시가 되고
어떤 행간은 나비가 되어 달아나고

손 뻗으면 닿을 거리가 밤새 숨어버린 이유는
후들거리는 페르소나들 때문이다

차 례

시인의 말

제1부

오렌지가 굴러가는 오후

부신 네 눈빛이 거미줄일 줄 몰랐어
실눈을 뜨고 있던 나를 잡고 놓지를 않아
빠져나가고 싶지 않은 나른함이 끈적거려서
순하게 하품을 하다 쏟아내는 딸꾹질
한 마디씩 손가락이 빠지는 이유를 나는 몰라
귓속말을 멈추면 바스락대는 연애를 할 수 없는데
원하는 것은 몸, 뿐이라서
옆구리를 파고드는 너를 꺼내놓을 수도 없어
휘청, 허공을 할퀸 이유는 졸음 때문이었을 거야
참을 수 없는 간지러움이 무서워 돌아보면
여전히 너는 따사롭고
매끄러운 허리를 표절한 거짓말은 황홀해
가장 연하고 맛있는 배꼽을 열어주고 싶어
봉숭아물 들인 발톱이 차례로 빠질 때
당신을 통해 나는 나를 낳을 거야
납작했던 몸에 망각을 슬어놓았나 봐 조금씩
등허리가 불룩해지는데
모르는 걸 보면

화상

웃어봐 꽃을 그릴 수 있게 그래야 잎이 마르질 않지 불이 앉은 자리마다 꽃으로 채워줄게

오늘은 왼쪽 뺨에서 턱까지 레드썬보로니아를 심을 거야 내 꽃이 당신에게로 건너가면 수군거리는 말들을 지날 수 있어

어제는 어린 아가씨가 애인의 이름을 어깨에 새겨달라고 왔었지 바람이 고여 있는 골목을 돌아 미간이 좁은 오후를 더듬거리면서 오는 동안 당신을 맡았을 거야

꽃의 날들이 지나면, 꽃 같은 애인의 이름 위로 시간이 번져 시들거라는 걸, 눈물에 데어 흉터가 된 이름을 다시 내게로 가져올 것을 알기에 슬펐어 그땐 그녀의 흰 어깨에 긴 속눈썹을 그려줄래

뜨거운 한낮이 지나고 등에서 자고 있는 나비가 깨어나기 전 당신의 상처도 잠들었으면 좋겠어

육감적 권태

　너는 종종 나를 바라보고 나는 습관적으로 뭉툭해진 모
서리를 설명한다 시계 소리는 긴장만 부풀리다 잠든다 돌
아누운 잠에 등이라도 대면, 나쁜 꿈을 안아주지 않는 애인
이 검은 브래지어 속의 달만 비웃는다 우린 같은 방향으로
누워 서로를 밀어낸다 눈빛이 말라버린 관계, 새 브래지어
가 통증을 잠근다 낮에도 헤어질 수 있는 날은 방마다 거울
을 열어 등을 맞춰본다 서늘한 쾌감이 서러울수록 검은 방
은 부푼다 확신을 친친 감아도 거울에 대한 오해는 진행 중
이다 뻑뻑한 훅을 참아내는 것만이 유효한 변명, 정말 아무
날도 아니었다 흰 셔츠를 입고 거울 속으로 사라지는 달을
바라봤을 뿐 팔목에 새긴 이니셜에서 과거형의 질문들이 뚝
뚝 떨어지고 있을 뿐

저울을 베고 눕는 것들

나, 모든 것을 무게로 표현하지
발끝의 가벼운 만남과
가슴을 누르는 아픔도
정확히 숫자로 보여줄 수 있지

네가 내 몸에 오르면
제로였던 시간이 깨어나
나를 움직이게 하지
내 눈빛의 바늘은
상수리 숲을 지나 화려한 저녁 식탁을 가리키지
네가 내 손가락에 끼워주던 약속의 무게
몇 온스의 와인을 삼킨 입술의 무게
마지막 밤의 절정은 몇 킬로그램이었을까
네가 내려간 자리에 아직도 남아 있는
무게의 흔적
탄력 좋은 스프링으로도 되돌릴 수 없는 시간
조금 비뚤어진 눈금이 아픈 건
너와 내가 나누었던 사랑이
0은 아니라서

에덴극장

에덴에 들어가려면 빛을 버려야 한다

잡음을 오물거리고 있는 이 극장만 아니면 어둠을 뱉을 수 있었을까 고요가 쇳소리를 내며 빈자리를 흔든다 울컥, 흉터를 토할 것 같아 불안하다

알 수 없는 이유란 흔한 이별의 내막

여배우는 대사가 막힐 때마다 객석을 바라본다 눅눅한 비명 사이로 몇 개의 금요일이 굴러다닐 뿐, 최초의 친절을 의자에 세워놓고 달아나려는 그림자를 앉힌다

거짓말만 하는 손톱으로 머리카락을 돌돌 말아 씹는 동안 주인공도 대답을 씹으며 내내 울기만 한다 빛이 번진 통로마다 꾸물거리는 푸른 뱀 계단을 빠져나온 표정들이 어둠 속에서 기어 다닌다

웃는다

불이 켜지기 전

손수건 하나쯤 뒤꿈치에 감아준다면 게으름을 구겨 신고 보내는 인사가 쉬웠을 텐데 심야의 에덴은 주말을 버리기

좋은 곳 곁눈질을 멈추지 않는 비상구만 아니면 금요일의
에덴만 아니라면 알몸은 실수 아닌 오류

사과 좀 치워줘

불안한 긴장을 느끼게 하는 것은
겨눠진 화살 끝이 아니야 바로
머리 위 사과인 거지
흔들리는 사과의 중심을 세우며 주문을 걸었어
달아나지 마 달아나지 말라고

지독하게 붉은 유혹을 더듬으며 너는
또 다른 사과들을 준비하고 있어
뱀 향기가 스친 사과는 화살보다 강해서
메스꺼운 비난을 잘도 참아내지

산도 높은 자존심으로는
중심을 세운 주문을 녹일 수 없고 다만
긴장을 부풀려 기도를 막을 수 있지
어떻게 하면 너처럼 두려움 없이
두 번째 세 번째 사과를 얹을 수 있는 거야
주문을 외울수록 다리가 후들거리는데

아름다운 질식을 꿈꾸는
참 맛있는 칠월

뱀이 키운 사과를 들고
시위를 벗어나고 싶은

꿈의 간격

낡은 색소폰 속에서
기어 나온 사람들이 빈방을 찾는다
그러나 캘리포니아에는 빈방이 없다
가지고 온 기억은 어둠에 치명적이었으므로
녹아버리기 전 불빛을 찾아야만 한다
젖은 머리의 소녀가 15층에서
거꾸로 버려졌을 때도
사람들은 빈방이 생겼다며
자신이 서 있는 줄에서 버려지지 않기 위해
간격을 좁히고 있을 뿐

*

샤워하고 난 후 콜리타* 하나 물 수 있었으면 좋겠어요

이곳이 15층이라는 것을 잊기에는 그만한 것이 없거든요

방이 없는 당신은 나를 경멸할 자격이 없죠

줄을 버렸듯 나도 버리면 되는 거예요

지루한 노래 대신 긴 머릴 자르려면

거울 없는 이런 방이 좋아요

하나씩 옷을 벗는 동안 울컥,

당신이 쏟아질 뻔했지만

괜찮아요 내게는 방이 있으니까요

• 대마초의 종류.

유리 물고기

어항 안에 누워서 바라보는
지느러미의 상처는 문득 징그럽고
눈동자에 반사되는 나 아닌 것들은
둥둥 떠다니다가 기꺼이
밤으로 사라지기도
눈을 깜빡이는 순간은
영영 가질 수 없는 거짓말이 되고
괜찮다는 말 속에서 숨을 참아보면
아가미를 팔딱이는 일은
거짓일 수가 없어서

가능성에 대해 생각하다 잠든 날은
목이 말랐고
마른 울음이 끈질기게 눈물을 끌어
물속으로 파고들수록 목은 더
바짝 타들어가
물밖엔 어떤 가능성도 없고
유리방은 늘곧 밖으로 전송되질 않는데
어디쯤에서
시작된 기다림이 상상을 끌어들인 것인지

소름이 출렁, 눈을 감고 그날을 바라보면
세면대에 담긴 모음들은 불분명하게 발음되고
온몸을 꽁꽁 싸매고 있어도 불빛만 있으면
밤인 줄도 모르는 부끄러움은 역하게 환해서
길들여진 것은 먹이를 숨긴 돌멩이들뿐
낡은 트렁크와 신문이 가지런하게 슬픈

꿈속에서조차 하늘은 당겨지질 않아
쨍강, 화분이 된 어항의 착각은 무섭지만
꼬리만 내놓고 심은 모습은 활짝 핀 꽃 같을까
흙을 움켜쥐면 뿌리가 될 수 있을까
붉은 아가미를 노리는 것은 화분만이 아니어서
갸릉거리는 빗소리를 들키기도

잠은 순서 없이 엉켜 있고
눈 뜨고 싶지 않다는 말 외에
무어라 설명할 수도 없는 이 꿈은
어쩐지 깰 것 같지가 않아
온몸이 천천히 유리에 물들 때 비늘은
충동적으로 반짝이는데

어쩌면이라는 주문

달이 갇힌 나무를 끌어안고 바닥보다 외로운지 묻는다 눈꺼풀이 얇아지는 사이 한 방울의 긴장 속으로 달이 진다 그대를 날게 하는 것은 부드러움, 우화는 달콤해서 숨이 편안해질 즈음 별을 내린다 누워 있을 때보다는 덜 무섭다는 풋봄에 젖은 나비들 허무라는 말은 숨겨놓은 분노 같은 것 하여, 두려워해야 할 것은 문득 치미는 기적들

안개가 흔들리는 날에는 그림자조차 지워놓아야 한다 가짜 나비들이 바람 속으로 부서지고 있을 테니까

처음부터 장미

　느리게 지는 슬픔이 우스워 마주 누우면 공중으로 퍼지는 몸 안의 얼룩 무서움은 어디에 숨어 있다 뛰어나와 우리의 사이를 걸어가는지 종소리가 지나가면 무릎 꿇는 내 옆에서 슬픔의 안녕을 묻는 당신 웃는 일이 노동 같은 날이면 가리키는 손가락은 전부 화살이 되고 빗겨 걸어도 지문의 과녁은 벗어날 수 없고 나는 벼랑을 키우는 바다 눈을 맞추기 위해 하현달이 뒷목으로 기울어지면 마른 그늘만 건져 덮어도 행복할 뿐 죽을 수 있는 기회를 놓치고서야 갖게 된 당신이란 나라 바람이 없어도 가시를 펴 뛰어내리는 나의 장미 당신의 생이 짧은 것은 시인보다 아름다운 까닭이어서 일렁이는 불을 닦으며 지루한 생을 잘라 꼭 그만큼만 당신에게로

숨

꽃이 나비에게 집중한다는 것은 바람의 방향을 놓치고 있
다는 것 바람의 방향을 놓친다는 것은 부끄러운 뿌리를 들
킬 수도 있다는 것 바람을 타기 위해 서둘지만 않는다면 들
키지 않는 약속을 나눌 수 있는 것 나를 핥아줘, 꽃대를 내
밀면 나비의 발가락은 혀보다 부드러워 입술을 놓친 조바
심은 그저 가벼운 바람 과거형의 아름다움으로 나비의 눈을
바라보지 말 것 완료된 진실이 품고 있는 독성에 눈멀지 않
기 위해 요동치는 뿌리를 잠재울 것

물어뜯은 손톱을 뱉은 자리마다 멍이 피어나는
나비의 집중

은밀을 키우는 관계

시간을 벗어도 속도는 여전히
엇방향 몸에 딱 맞는 벙커
의심을 밀착시키기 좋고 출렁,
치아를 누설하기에도 좋다
의도를 감추라는 위로는 어떠할까
쏟아진 언어들이 순서를 당기지는 않을 텐데
손안에 있는 이름은 구겨지기 쉬워서
확신을 들키지 말아야 한다는 걸
좀 더 치열하게 웃어봐
단추를 푼 웃음은 치명적이라
구토하듯 지난밤을 꺼내놔도
함부로 가여워해줄 수 있는데
경험만이 발끈하는 것들의 머릴 밟아
순하게 하지 푹신한
치욕이 깔린 방에 누우면 바닥마저
멀고 깊어지는 환상
눅눅한 베게는 갈비뼈만큼 늘어지고
웅크려도 머리에 닿지 않는 발가락
필요한 건 얼굴 따위가 아닌데
두렵다는 것의 다른 말은 욕심

집요하게 커지는 당신의 귀는
죽어서도 힘이 세

시끄러워, 뻐꾹

사자도 누 떼가 지나갈 때는
숨을 삼킨다 말하지만, 당신
여전히 뻐꾹
사자의 어금니를 존경해보란 말이지

바위를 멋대로 뚫는 당신의 생각
정말 지겨워, 난 차라리
모래 속에 들어가 상아로 귀를 후비겠어
표정 좀 디뎌보는 건 어때?
물컹, 밟히는 누운 것들은
당신에게 지친 하품이거나 코웃음이야
뒤꿈치를 들고 간다고 도망은
아니라는 거지

참 고집 센 당신
당신 수염 속으로 풀독 오른 뱀이
슬그머니 들어가도 모른 척
누의 갈비뼈만 셀 테야
제발, 점점
빨라지는 하늘의 검은 점을 보라구

매서운 속도를 가진 발톱을

이젠 안녕 뻐꾹
입만 열세 개인 당신

오블리 비아테*

　라푼젤이라 부르면 고개를 숙여도 괜찮은 건지 그런 거지 심심해 죽겠는데 카페인도 없고 두통도 없어요 실망 대신 허리를 비틀 때마다 비스듬한 하품이 난간을 비틀고 틀어 올린 머리도 비틀, 비틀어주러 올 거예요 숨기지 말고 지루함을 내놔요 한 번도 쏟아지는 불면을 놓친 적 없으니까 빗장을 버린 몸에서 귓불을 타고 몇 개의 일몰이 깨졌는지 관심도 없죠 상관없어요 다음에, 라는 말은 잔인해서 쓸 데가 없거든요 잠깐만요, 잠깐

　금빛 머리카락은 당신만을 위한 꽃, 기억해줄 만도 한데 습관처럼 입술만 내밀고 엉덩이를 읽는 당신 들키고 싶지 않은 상상을 위해 나를 훔치지 말아요 어설프게 수줍은 척을 하다니요 낯선 곳보단 견딜 만한가 봐요 부드럽지 못한 숨소리가 온도에 민감하듯, 느린 아픔은 자정에서 쉽게 멀어지죠 당신의 높이는 안전한가요 거울을 버렸을 뿐이잖아요 알잖아요, 당신

　다시, 또다시 무서워 죽겠는데 달도 없고 향도 없어요 푸

31

른 머리카락을 버리고 눈동자가 사라져요

* 영화 『해리 포터』의 기억을 지우는 주문.

줄리엣 메일*

고양이를 피해 은밀한 대화를 나누려면 화장실만큼 좋은 곳이 없지 네가 락스를 뿌리며 거룩하게 고해성사를 하는 동안 난 힐을 신고 바닥을 또각거릴래 네 웃음은 비릿해서 환할수록 숨을 오래 참아야 하지 팔짱 끼는 것을 간섭하고 싶다면 휴지통을 끌어안고 생각해봐 싫증난 생선 때문에 네 고양이를 슬프게 해서는 안 돼 자신 있게 밸브를 내릴 수 있다면 징징거리는 저 수도꼭지를 비틀어주겠어 고양이가 물어다 준 생선이 발톱과 바꾼 것이라는 것도 잊어선 안 돼 문밖에 갇힌 고양이들이 발톱을 모으는 것은 네 혀를 먹기 위해서야 몰래 버린 생선을 들키고 싶다면 나를 삭제해도 좋아

* 헤어진 연인에게 집착하며 보내는 메일.

제2부

바싹 구운 하루

뚝배기집 열라면 매운 골목길을 지나 꼬들꼬들 바스키아*
만나러 갑니다 앰뷸런스에서 캠핑하는 그와 키득거리는 해
골왕관을 썼지만 검은 눈물 뚝뚝 떨어뜨리는 대신 히죽 웃
습니다 왕관을 뺏을까 봐 웃습니다 세상은 여전히 게임 중
이라고 귀띔하는 사이 천천히 사이렌이 울고 구멍 난 바퀴
에 재빠르게 뿌리내리는 순백의 마리화나 검은색이 아니어
도 개들은 버려지고 버려진 개들이 버려진 사람들의 집이
되고 신문지에 말리는 배고픈 하늘

가짜 비행기 밑으로 낙하산이 무성하게 퍼지는 크레용을
심고 깡충, 뒷걸음질쳐 달아납니다 담벼락을 빼앗긴 공장을
지나 새로 그린 날개가 있는 담벼락을 지나 가짜 나뭇잎을 잔
뜩 붙인 나무랑 뱅뱅 돌 때는 날 수 있을까 봐 무서웠습니다

고장 난 진짜 신호기가 아무 방향이나 가리키는 횡단보도
에서 숫자를 세는 동안 나를 앞질러온 꽃씨들

잠들지 않은 당신이 내 이름을 불러주면 좋겠다는 생각
을 네 번 했습니다만,

* 27세에 요절한 천재 낙서 화가.

양파 속엔 나비 한 마리

몰라서 그래요 계속
공갈 브래지어 속으로 젖꼭지를 숨기면 알맹이가 생길 거
라 믿는 거죠 양파 말고 여자가 되고 싶은 걸요 알고 있어
요 사랑한다는 말은 반칙인데, 믿고 싶기도 했고요 흉터를
들키고 싶지 않을 때는 어떡하죠 눈물은 알몸만 연작해요

점점, 바깥이 사라져요
감출 몽우리도 없는데

아는 척하는 것은 쉬워요 그냥
알록달록한 공갈만 입으면 되는 거죠 덧니를 주우며 따라
갈까요 빈방의 인형은 처음이 무섭다는데, 무섭지 않다는
어린 말은 까고 또 까도 알맹이가 없죠 입술을 깨무는 예감
은 무디기만 하고 양파 밖의 개는 미친 듯이 짖어대요 혓바
닥마저 던질까요 땅거미들이 일렬로 기어오는 동안 슬픔이
간지러워 몇 번이나 눈을 비볐어요 여자 말고 어른이 되고
싶은데 배꼽이 없어도 괜찮은지 물어봐줘요

나는 못된 아이가 아니에요

횡단보도의 가로선을 밟으며 세는 동안 줄무늬의 당신과 마주칩니다 하나 둘, 줄무늬 위에 음표를 그리다 가로선을 흘립니다 줄무늬와 가로선 사이에서 호흡이 깜빡거립니다 정지된 음계로 뛰어드는 클랙슨에 갇혀 가로선 14번과 15번을 생각합니다 일곱 개의 가로선 밖에는 체크무늬 식탁보가 깔린 피자집이 있고 두 사람이 서 있습니다 어제는 치마의 물방울무늬를 세며 따라가다 하루를 잃어버렸습니다 나의 하루가 없어져도 엄마는 나를 버리지 않습니다 지금 지하도 입구에는 핸드폰을 들여다보는 다섯 사람이 있고 그중 한 명이 건너오라는 손짓을 작게 두 번 크게 한 번 합니다 아이스크림은 막대만 남고 한쪽 팔을 귀에 붙여도 시간은 뚝뚝 떨어지고 나는 세로로 서서 지나쳐온 가로선을 셉니다 흘린 숫자를 정확하게 줍기 전에는 절대 선 밖으로 나갈 수 없습니다 다시, 하나 둘, 하나, 엄마가 내 이름을 부릅니다 숫자는 멈췄지만 팔은 내리지 않습니다 엄마가 내 이름을 부르면 모든 것을 멈추는 것이 약속이고 횡단보도 안에서는 팔을 내리지 않는 것이 규칙입니다 약속과 규칙은 가로선 밖으로 사라질 수 있는 마술입니다 오늘도 엄마가 신호등보다 먼저 옵니다

오래된 목요일

계단은 가랑이 사이에서 부풀다 터져버리는 나쁜 습관이 있다 막차를 버린 골목에 앉아 단물 빠진 풍선껌을 분다

집이 없는 것들은 외로움도 포악하다는데 놀이를 끝낸 고양이가 잠을 물고 숨는다 발톱이 없어서 풍선 밖을 벗어날 수 없고

거짓말하는 내 남자는 가진 게 입술뿐 밤은 더욱 거세진다 하나둘 꺼지는 불빛을 보며 비에 갇힌 건지 계단에 갇힌 건지 마지막 불빛을 튕기며

셔터가 쏟아지는 거리 처마가 없는 것들은 턱을 당기며 순해지고 흠뻑 젖은 자정이 빗속에서 풀어진다

우산이 없는 목요일을 놓고 몸을 일으킨다 괜찮다는 거짓말을 꺾어 신는다

왜, 라는 대답에 대하여

거미들이 자라나는 골목을 지나 거미들을 버리고 간 골목을 지나 거미들만 숨겨놓은 골목을 지나 거미인 척하는 골목을 만나 거미인 듯 골목에 누워 골몰하면 거미들이

한 번쯤은 그럴 수도 있겠다, 하면서도 팔랑 영혼이 날아가면 한 번쯤은 나만을 위한 구덩이를 파고 한 번쯤은 소리 낼 수 있는 심장을 키우고 한 번쯤은 돌아다니는 방을 부수고 한 번쯤은 넘어진 채 잠이 들면 한 번쯤은

문을 닫은 신발을 불안해하다 문을 열고 서랍을 잠그고 문을 닫고 검은색 코트를 입으면 문을 열고 나오라는 손짓들을 걸어 잠그고 문을 열고 둔탁한 미각을 던지면 문을 닫고 빠져나가고 싶은 몸부림을 하다 문을 열고 멀리 던진 것들을 부르며 다시 문을 닫고

지울 수 없는 흔적이 있고 속일 수 있는 이름은 없고 이렇게 거미들이 문을 닫고 사라져도 다시 문을 열고 살아갈 수 있는

낮달이 걸린 벚나무

당신은 커피숍에 가서 아메리카노를 주문한다 샷을 추가하는 사이, 몇 개의 층계가 낮아졌고 탁자와 의자를 사용하는 사람들이 리필됐다 벨이 울리려면 당신은 나를 두 번이나 더 버려야 한다 셀프로 뜨겁게 따를 수 있는 이별과 아메리카노의 교환은 언제나 충분하다

상상만으로도 바람 부는 계절 속에서 당신은 나를 부른다 벚나무에는 오래전부터 벚꽃이 피지 않고 벚꽃을 그리워하는 가지들만 하늘을 만지고 있다 꽃을 태운 낮달이 흰 입술 위에서 식는다 낮달이 꽃과 함께 지는 이 계절은 남겨진 자의 것 우리가 저물어도 당신은 여전히 아름다워야 하고 조금씩 어두워지는 나를 보내야 한다

차가워진 아메리카노가 시계를 거꾸로 읽는 사이
창밖으로 쏟아지는 새까만 우산들

엄마의 온도를 기억해

한 자루의 초가 바람을 보여주는 새벽

몸을 웅크리고 누워 방바닥을 긁습니다 두꺼운 책들을 끌어다 덮을수록 발가락이 시립니다 낡은 활자들이 냉기를 읽는 동안 축축해진 장판, 구겨진 문장들을 씹지도 않고 삼킵니다 몸 밖으로 던진 볼펜을 타고 촛농이 흐르지만 달은 녹지 않습니다 노트를 찢어 집을 짓고 허물고 다시 짓는 사이, 손만 뻗으면 언제고 닿을 수 있는 거리에서 흔한 티셔츠를 입은 엄마가 흔한 인사도 없이 사라졌습니다

한 방울씩 시계 소리가 새는
차가운 집

엄마의 온도는
시를 짓는 나를 위해 밥을 짓는 거였습니다

그 순간의 모든

어금니에 비명을 물고 새장 속에 숨어 있는 동안 푸른 것에 빠져 죽은 것은 나비, 너였다 박제가 된 바랜 슬픔의

너를 위해 거울 속 얼굴을 꺼내 들고 닦고 또 닦는다 가령, 거짓의 위장이라고는 전혀 없는 그러므로 순도 백 퍼센트의 진실한 죽음이 안부보다 벨을 늦게 눌렀더라면 우린, 두 시간 전의 블루 벨벳 소파에 앉아 달콤하게 더듬이를 나눌 수 있었을까 홀로 앉은 너는 립스틱보다 더 붉게 뭉개져 가고 소리 없이 벽에서 벽으로만 흐른다 제발, 나를 버리지 말고 죽은 나를 버려줘

잠시라는 말과 오랫동안이라는 말의 시간이 같다는 것을 알게 됐을 때 천천히 마주앉는 얼굴이 있다 머리가 잊은 현관 비밀번호를 손가락이 기억하는 그런 날 혼자 생일 케익을 퍼 먹다 잠들면 물컹, 안기는 그런 표정의

헝거, 게임[*]

자, 이제부터 바라보는 거야 한 곳을 차지해도 절대로 누울 순 없어 손을 놓친 곳이 거기쯤이었어도 지금은 기억을 놓칠 차례 별거 아니잖아 쓰러진 식탁을 밟고 지나가는 거 좀비는 절대로 뒷걸음질하지 않아 거룩해지고 싶어? 앞으로만 걸어 바람개비를 버리고 에스컬레이터를 타도 좀비들은 손을 흔들지 않아 알아듣고 있는 거야? 좀비처럼이 아니라 좀비가 돼야 해 거룩한 좀비는 농담에 미간을 긁지 않지 장님 흉내를 잘 내고 싶다는 말은 좀 거북하군 몇 번을 말해야 그 지겨운 호기심을 만족할까 좀비가 된다는 것은 살아있는 채로 기억을 화형 당하는 일이야 그래도 거룩해지고 싶어? 좀비가 무서워서 좀비가 되고 싶은 당신을 이해해 지금부터는 거룩한 좀비 따윈 없다는 걸 당신이 이해할 차례야 세상은 거룩하거나 좀비이거나

* 배고픈 자들의 게임. 즉, 살아남기 게임.

가위바위보

가방 속이 궁금한가요
기꺼이 보여줄 수 있어요
가위바위보를 해볼까요
나를 이긴다면
당신을 물고 있는 지퍼를 열어줄게요
자, 무엇을 낼 건가요
난 가위를 내려고 해요
당신 혀에 돋아난 호기심을 잘라주고 싶어서요
이런, 날 믿지 못하고 가위를 냈군요
손목을 움직인 것은 예민한 의심이죠
져도 상관없었다는 뻔한
거짓말 따윈 하지 마세요
당신 눈 속의 움직임이 다 보여요
날이 무딘 가위는 무엇이나 물어버렸을 텐데,
삼 세 판으로 하자고요?
흔들리는 당신의 눈빛을 위해
가위를 싸고 있는 보자기를 낼게요
불안한 비밀을 찌를 수 있는

묘안

공모를 작정하기 좋은 모니터 안
유기농 통조림을 배당받기 위해
고양이들이 길들여지는 곳
마우스 안에서 구주와 신주가 내통하는 동안
꼬리를 낮추고 염탐하는 섬머랠리, 버블,
눈이 큰 버블 상냥한 투기를 위해 함부로
발톱을 세우지 않는다면
불량한 특혜는 길고양이만의 것
앙칼지게 영역을 표시해야 하는 순간
거칠게 욕설을 핥아도 좋고
발등에 친밀을 표시해도 좋고
날벼락을 피하기 위해 노력한 당신은
통정매매한 몇 마리쯤 파묻어도
이것은 분명한 천재지변
정확한 불신과 부정확한 믿음 사이
가벼운 예수금을 물고 버림받을 수 있는 선택은
목줄을 놓아준 신들의 지극한 축복
천정에 물구나무를 심어놓고
강제로 소등당한 불안을 바라보면
황홀하게 비린내가 진동하는 오후 3시 50분

무딘 농담도 날카로워지는 모니터 밖
기우뚱한 갱생주의 전말은
부드러운, 모략
대략, 드러운

골목이 돌아오는 밤

낯선 당신을 서성이는 대신
걷기로 한다
주머니 속엔 한 잔의 커피와
한 사람을 건너올 차비가 있다
충분한 휘파람이다 혼자서는
젖은 시간을 재촉할 수 없다 찢어진
신문이 가로등을 끌어안고
상처가 없는 사람을 리필해서 마시고
네온사인 따라 흐르는 동안에도 당신은
울지 않는다 붉은 보도블록이 교대로
사라지는 맨홀
느슨한 불안을 깨우는 중이었고
걷기에 충분한 이유가 눅눅해지는 중이었다
번지수를 지운 골목마다 이마에
목련꽃을 그었을 때 한 세계를
쉼표도 없이 들일 수 있다고 믿었다
걷는 이유를 물었다
숨고 싶은 모퉁이를 만드는 거라고 했다
버릴 것이 많기 때문에, 라고 했다
버린다는 것이 무엇인 줄 아느냐고 물었다

깨진 질문으로 튀어나오는 골목이
안전하지 않은 것은 무성의한 대답 때문이다
무딘 질문은 대체로 잔인하다
당신도 그러하다

Estatic Fear*와의 키스는 황홀하다

바람 밑으로 몸 낮추는 사냥이 시작될 때
흰 목덜미를 원하는 것은 송곳니뿐만이 아니지
쉿! 들어봐!

좁혀지는 간격 속에서 요동치는 달숨 꺾이는 소리 뭉툭한
괴성들이 수풀 사이를 더듬어도 핏빛 턱을 들켜서는 안 돼

너는 4옥타브의 윤곽
레와 파 사이가 깨진 오선지를 물고
해독하고 싶어, 손을 내밀면
어느새 뒷목에 닿는 뜨겁고 축축한 숨결

이해하려는 나쁜 습성을 버릴게 시큼한 너를 한입 가득
베어 물면 감각들은 음역 속으로 모공을 열고 소유되고 싶
어, 애원하게 하지 충혈된 눈동자로 나를 만지는 스탠드
　스러진 것은 그림자뿐이었고 고통을 멈추게 할 암호는 반
음 낮은 플랫 솔의 키스뿐

* 오스트리아 출신의 고딕 메탈 그룹.

51

꽃, 뱀

꽃을 삼킨 1번 뱀은 꽃이어도 여전히 독을 품고
발가락을 삼킨 3번 뱀은 왜, 여전히 배로 걷는지

만지고 싶은 아찔함을 주세요
마음을 가지는 비법이 필요다면

미간 사이에서 발가락을 삼킨 3번 뱀이 길을 잃는 것은 1번 뱀, 꽃이 향을 잊는 것과 같죠 습성이란 정말 질겨요 향을 시들게 하고 배로만 길을 핥게 하니까요 눈물을 삼킨 뱀을 만나거든 천천히 지나가요 지독한 갈증을 느끼는 뱀이 톡 쏘는 비명을 맛본다면 더는 발가락을 먹지 않을 거예요

향은, 고개를 까딱이는 것보다 빠르고 실금보다 가벼워 꽃과 뱀, 뱀과 꽃을 마음대로 바꿔버리죠 발톱도 하나의 입이고요 두려움을 벗듯 색을 벗을 때 향과 독의 선택은 즐거워지죠 나비의 입술을 원하세요? 1번 뱀이 가진 향을 명심한다면…… 어쩌면요.

자각몽

1

나쁜 그림을 쳐다본 날은 하루 종일 발등이 아팠다 그런 날은 밤새 그림칼이 덤벼들었고 머리카락 사이로 물감들이 엉켜 있었다 다시 잠들 수 없는 풍경이 가장 나쁜 그림이었다

2

검은 힐을 신고 노래하던 가수가 부러진 비명을 잡고 비틀거리다 무대에서 사라졌다 누군가 흘러간 노래를 흥얼거리다 침을 뱉을 때 눈을 흘기던 사람들이 순하게 졸고 있을 때

3

러닝머신 위에서 쇼핑한다 달리고 싶은데 엉덩이가 섹시한 옷이 없다 속도를 뽐내는 도도한 자격들을 위해 굽을 키운다

4

신음이 툭툭 터지는 놀이공원 열차는 황홀감을 통제 중이다 침대 밖에선 사랑니를 감춰야 한다 무서움이 가짜라는 것을 눈치채지 못하게

봄을 놓다

그러므로
막차를 타야만 했다
누군가 뒤늦게 뛰어왔지만 봄은
기다림 대신 속도를 택했다
벚나무 밑에서 한 사람을 떠나보낸
하루가 잡은 것이라곤 막차뿐
밤은 불빛 쪽으로 흐린 꽃잎을 피워내고
상징을 지나가는 회색의 폭설
흩날리는 막차를 타고서도
브레이크는 어둠을 짚어내지 못했다
졸음은 주파수 엉킨 노랫소리를 베고
무딘 잠은 유리창에 쿵쿵 부딪혔다
사월이 끊긴 종점
버려진 그림자들만 불빛을 물고
젖은 새벽 속으로 잦아들고 있었다
모든 침묵이 낙서가 되는 순간
뒤늦은 너를 끝내
놓쳐야 했다

제3부

파랑주의보[*]

무지개가
아프리카의 어느 부족 원주민들에게는 세 가지의 색으
로만 보인대
이것은 한쪽 눈을 감출 수 있는 신나는 놀이

파도가 달빛을 흡수해서 지구 반대편 언덕 위로 던지면
사뿐하던 파랑이 무거워지지 무거워진 입술로는 적당한 높
이를 고백할 수 없어 그래서 네 사랑은 주의가 필요한 파랑
인 거야 지중해 끝에서 파고를 재는 부족이 사라진 까닭이
기도 하고 창끝이 겨누는 것은 언제나 태양, 시퍼렇게 질린
호기심은 흥미롭고 내 생각이 너를 가끔 다치게 할 거야 아
주 특별하지만 끌어안을 수 없는 파랑이 실은 나여서 그게
신나 그리고 슬퍼

추워서 잠깐 기댄 거야 이쪽은 내내 우기, 수직의 우기
는 수평을 안을 수 없어서 울기도 하는데 그럴 때면 꼭 마
주치더라 우린

[*] 기상주의보의 하나.

57

잠수정을 타고 가는 삐에로

달이 바다 밑에서 차오를 때 길 잃은 사람들의 온도로 비
가 내리지

구름이 번진 바다는 어려워 네가 내 머리를 쓰다듬어야
잠이 드는데 내 습관 속엔 너만 있고 네 트렁크 안은 나만 없
고 웃는 얼굴에 눈물을 그리는 것은 사라지기 위한 인사 붉
은 뺨으로 잠수정 문을 닫으며 서성이듯 나를 불러, 나비야

우체통 속에 누워 잠을 끌어안으면 손목에서 녹차 티백
냄새가 나, 생각이 하루를 끓이는 사이 너는 잠수정에 우표
를 붙이고 째깍거리며 차가운 꿈 밖으로

이마에 유리를 심으면 빛이 열리는 게 좋아 그리고, 나비
라는 이름의 통증
　몸을 닫고 사라지는 기척은 아름다운 것이어서 목요일의
아이들은 나비가 되었나 봐

너를 사랑하는 것은 이번 생의 배역 네가 지나는 길에서
퉁겨진 물별들은 손 흔드는 빛무덤들을 헤쳐놓고 지는 해
에 스스로 발광했을 거야 느낌을 밀어내고 사소함이 한쪽으

로 기울 땐 어지러워

코가 빨개지는 불량한 슬픔 때문에

친애하는 여우씨

—나는 당신의 별이기 때문에

붉은 그림을 입은 사람들이 흐른다 밤의 채널은 바뀌고 북극성으로 가는 우리는 낙타를 기다리지 않는다

지평선을 한쪽으로 끌어당기면 잠든 바다가 보인다 실눈을 뜬 잠의 실루엣이 동화 속으로 미끄러지고 낮의 발자국은 모래 속에서 뱀이 된다 여우야, 아름다운 너의 목소리를 사랑해서 훔친 일몰을 두고 간다

건너편의 밤이 출렁인다 그늘 없는 사람들이 검은 캔버스로 한꺼번에 쏟아졌고 이것은 무서운 꿈이라는 충고를 생각한다 두 눈을 감고 모로 누우면 뱀이 되지 못한 것들만 휘파람을 불었다 곧, 갈라진 혓바닥 사이에서 플라워 스톤*이 필 것이다 그림자를 태운 자리에 검은 비가 쏟아지면 여우는 꼬리를 일몰 속에 묻고 북극성에서 돌아오는 낙타를 기다린다

* 사막에 있는 꽃 모양의 검은 색 돌멩이.

종이시계

발자국 소리가 들릴 때마다 문을 열고 들어서는 계단 조심할수록 더 커지는 소리들이 숨을 참고 침을 삼키면 바다으로만 골몰하는 심장 눈꺼풀을 밀며 닫힌 문이 나선형으로 겹치는 것 같고 문지방을 밟고서 있어도 여전히 다섯 시 삼십 분, 번식 중이던 문밖의 소리들이 잠깐 멈췄던 것도 같고 박제된 시간 속에서는 달이 두 번 뜬다는데

표백된 두 팔로 눈동자를 끌어안으면 한쪽이 한쪽을 향해 기울어지다 째깍째깍 예리한 기시감이 열쇠 구멍으로 들락거리다 들키기도 하고

의자 하나와 휴지통 하나

이것은 방에 대한 근본적인 믿음

소리에 대한 편식은 구겨진 종이 위에

한쪽으로만 뻗는 나무를 그리다 뿌리를 잘라 먹고

빈 못에 특정한 오해를 배경처럼 걸어놓으면

열린 창으로 들이치는 태엽

군데군데 지워진 꾸물거리는 스물네 마디의 하루

웃음을 그려 넣지 않은 유일한 초침이

벌레 같아서 다시 한 번 숨을 참아도

등이 멀어지지 않는 비밀스러운 반 차원

연필 가루 번지는 이곳에 살아 있는 건

벽에 걸린 심장 점점

기호 밖으로

느려지는

시계

후

약속할 때

새끼손가락을 거는 이유가 뭔지 아세요

불안한 물음표로 사슬을 만드는 거예요

가파른 의심에 걸고 잡아당기면

평평한 믿음이 되기도 하죠

기울어진 머리가 비탈길로 굴러요

발이 달려가도 구르는 머리를 잡을 수 없어요

저 위에서 흔드는 손이 보이네요

잘 가라는 건지 어서 오라는 건지

물음표들이 엉켜 있는

양쪽 주머니만 불룩해요

유통기간이 지난 물음표들만

부패를 즐거워하죠

잘린 도마뱀의 꼬리가 되거나

뽑힌 황소의 뿔이 되거나

상한 약속을 눈치챈 길이

미간 사이에서 숨어버렸어요

무거운 주머니를 끌고

입속으로 들어가기 전

어서, 도마뱀의 꼬리를 꺼내놓아야 해요

길을 잃었다는 것을 교묘한 꼬리가 알지 못하도록

몸을 흔들며 따라가야 하죠

숨겨놓은 뿔을 깊게 박으면서요

귀의 가

불온한 것은 기우뚱한 이젤보다 반듯하게 각 잡힌 침대 시트, 귀가 떨어진 해바라기를 안고 죽을힘을 다해 헤엄쳐 간 반대편 물빛 그늘져 있지 않기를

잘린 머리카락을 물감통에 넣고 형광등 아래에서 부르는 노래는 눈물겹다 노란색 물감 위에 뱉어놓은 고흐의 귀만큼

어항 가득 압생트*를 붓고 귀를 잘라 넣는 밤마다 벽에서 해바라기가 피어났다 시트를 뒤집어쓰고 앉아 노랗게 질려 가는 벽을 이젤 위에 올려놓고 바라보았다 바람이 불어오는 서쪽에 창을 만들어놓길 잘했다고 속삭이고 싶다

사라질까 봐, 침대 밑으로 눕는다 수돗가에 이젤을 심고 그림자를 심고 고흐를 버린 귀를 심는 것은 그가 침대 시트 에 나무를 심어놓고 사라진 까닭만은 아니다 뽑힌 해바라기 를 끌어안고 형광등이 깜빡거린다

---

* 녹색의 요정. 에메랄드 지옥으로 불리며 각광받던 저렴한 압생트 absinthe는 19세기 유럽의 예술가들에게 구원과도 같은 존재. 환각 증세를 일으키는 중독성 강한 술.

스모킹 건

마지막 열일곱이
순수한 세 번째 열일곱을 안고 쓰러진다

　첫 번째 열일곱은 가장 강력한 죽음의 배후 건물 뒤편에서 달이 흐드러질 때 핏빛 너는 뛰기 시작한다 튕긴 속노가 가슴팍을 스칠 때 같은 색을 가진 것마다 뛰고 있다 숨어 있던 모든 구석이 뛰기 시작하고 지난날들이 서로 엉키며 뛰어든다 그러니까 가진 게 나쁜인 너를 놓쳤을 때의 두 번째 열일곱을 지나 그리고 세 번째 네 번째에도 놓쳐버릴 것 같은 열일곱들이 뛰고 있는 나를 앞지른다 불안한 쾌감이 이마를 건드렸고 뛰던 네가 첫 번째 열일곱의 얼굴인 네가, 순간 멈췄다 천천히 울 것같이 웃고 있는 나를 향해 방아쇠를 당긴다 나는 아직 세 번째 열일곱이 아니어서 구멍 난 심장을 이해할 수 없다 딱딱한 껌을 씹으며, 첫 번째 열일곱이 쏟아지는 것을 바라볼 뿐이다

메두사 전용 헤어샵

머리 좀 잘라주세요 너무 많은 메모리 때문에 과부하에 걸렸어요 과거와 현재가 뒤엉켜 스파크가 일어나고 미래를 저장시킬 공간이 다 타버렸어요 내장된 칩들 속에는 더 많은 실뱀이 꿈틀거려요 송곳니는 치명적인 오류 튀어나온 눈동자를 서로 핥아요 하루 종일 귀에서 웅얼거리는 비릿한 노랫소리 하나의 생각만 질겅질겅 씹어도 내성이 생기지 않는 독설 숨 막혀요 유행 따윈 상관없으니 머리 좀 잘라주세요

사방의 거울이 꿈틀거려요 당신의 비닐 앞치마가 미끄럽다고 잘린 머리들이 비명을 지르며 화를 내요 괜찮아요 나는 검은 물이 다 빠지도록 창밖만 씹을래요

과거는 적당히
현재도 적당히
불안 따위는 쉽게 삭제할 수 있는

그런, 머리
하나만 남겨두시면 돼요

개와 늑대의 시간*

초승달로 손목을 그은 하늘이 붉다
유리창에 부딪힌 새들의 그림자가
아스팔트 바닥에 질펀하다
신경줄이 하나씩 툭툭 끊어질 때마다
정강이를 조이는 어둠
꿈을 꾸다 돌아간 사람들은
옆구리의 통증으로 남아 있고
악수를 잊었다고 투덜대는 너를
너의 왼손을 설득할 수 없는
내가, 그만 지겨워졌다

붕대를 찾기 위해 몸속을 뒤진다
사나움을 끄집어낼수록
가벼워져서 둥둥 떠오르는 몸
어둠을 파먹으며 부풀어 오르는
거울을 소파에 묶고
눈 속 물관을 잘라낸다
낯선 신음이 바닥을 서성이는 동안
눈발이 날리는 거리에는
앰뷸런스 사이렌 소리와 붉은 신호등

창밖을 꺼버릴 스위치는 어디

＊ 빛과 어둠이 서로 바뀌는 시간.

금요일의 애인들

단단하게 갇힐 수 있는 새장 안에서 동전을 세면 행복할까

공중에 걸린 새들이 빈 주머니를 뒤집는다 당신이 슬쩍 내 몸을 재단하는 사이 뒤집힌 금요일을 입고 발목을 깁는다 이상적인 삶은 발바닥이 닿을 수 없고 동전은 둥지 안에서 복제를 멈추지 않는다 금요일은 벗어도 동전은 버릴 수 없다

공중은 새들을 버리고 새들은 둥지를 버리고 둥지는 제 그림자 끝에 동전을 매어 단다 불어난 동전들이 둥지를 공중에 띄운다 다시 시작된 불행, 주저하는 애인들의 이름 둥지가 빈 주머니 속으로 쏟아지고 동전을 세는 당신을 복제 중이다

새장이 없는 서쪽에는 동전만 가득하다 한낮이 헐렁하게 늘어진 나무, 새들이 버리고 간 둥지에 밤을 틀어도 동전은 당신을 세는 것을 멈추지 않는다 새장을 갖기 위해

금요일을 건너야 한다

30초

빈 테이블이 없는
나는 다음을 약속한다 평범한
이별이다 무의식적인
약속, 다음

의자는 문득 생기고 주문한 샹들리에는 오지 않는다 형
광등이 깜빡이며 긴 시간을 자투리로 만든다 당신과의 다음
이 미뤄지는 이유다 수화기를 들지 않는 것은 간절하게 원
하는 표정이 없기 때문이다 당신이 나를 기다리는 한 우리
의 다음은 사라지지 않는다 크리스털 잔을 준비하고 새빨간
스웨터를 입었지만 여전히 테이블은 비어 있다 향기로운 저
녁을 줄 수 없는 나는 당신에게 가지 못한다

나의 테이블 위에 당신이 눕는다
뺨을 어루만지던 손으로 당신의 심장을 만져본다

문을 두드리지 못하고 돌아섰던 수많은 발자국이 한꺼번
에 쏟아진다 테이블을 채울 수 있는 것은 당신뿐이었다는
걸 이제야 알겠다 심장이 멎어도 30초간 청각은 살아 있다
는데 나를 사랑하는 당신은 30초 안에 이별하지 못하고 여

전히, 다음을 재촉하지 않는다

차마, 라는 말의 무게

　눈도 뜨지 못한 상태로 껴입는 한 무더기의 이름 어떤 날
은 겉에 입어야 할 이름을 속에 입고 어떤 날은 뒤집어 입은
이름 때문에 종일 단추들이 소란스럽다 누군가 소원을 물었
고 이름 몇 개 벗어주고 싶다는 말을 꺼내기도 전, **빽빽한**
이름이 뒤뚱거리며 황급히 사라졌다 이름에 맞춰 어깨를 늘
이는 사이 갈비뼈가 바짝 조여졌고 몸에 딱 맞는 이름이란
있을 수 없다며 함부로 남의 불행을 추측하는 사람들이 불
어났다 겨드랑이가 터진 이름을 입은 사람이 사타구니가 해
진 이름을 입은 사람에게 사랑한다고 말하는

　이름 하나씩 천천히 벗는 늦은 밤
　차마, 벗지 못한 채로 껴안고 자는

시월인데

달이 떨어진 자리에
눈이 내려요
한 사람이 떠나고 내리는 눈이
길을 켜주고 있어요
깊게 패인 발자국 위로 어젯밤이 흘러요
얼음 속 구두를 꺼내 신고 길이
버린 가방 안으로 들어가요
가방 안의 시간은 얼어 있고
유리창에 귀를 대면
무릎까지 낮아지는 소리들
눈은 감기는데 생각이 감기질 않고
질펀한 상상 속으로
울음만 쌓여요

나를 켜두고 한 사람이
어두워져요
아무도 없는 창 안을 켜두는 것은
돌아오겠다는 뜻이에요
빈집에서 한 사람의 체취가 자라나고
충혈된 꿈과 잠 사이로 흐르는 전화벨

그치지 않는 눈 때문에 시월이 사라지고
한 사람이 사라져요 사방은 캄캄하고
눈이 내려요
환한 어둠 속에서
떨어진 달을 끌어안은 빈집이
한 사람을 기다려요

누군가 휘파람을 불었다

비가 덧칠되는 자정이면
헝클어진 얼굴로 들어서는 당신
열린 지퍼 속으로
앵무새가 날아온 것이 우연이었다면

부끄러움이 외곽으로 빠지는 것도
설명할 수 있어야 한다 감출 수 없는 들뜬
새끼손가락 대신 한쪽으로 치운 먹먹함이
새장 안에 갇히고 있는 지금
창밖에서 부옇게 서성이는 그림자는
누구의 부끄러움일까

새벽까지 숨소리를 당기던 벽이
쪼개지고 있다 서로의 자화상을 그리는
새벽 두 시에서 세 시 사이의 분절음
돌아누운 당신을 불러 어젯밤을 본다
뒤집어 고쳐 읽어도 바닥에 닿지 않는
지독한 행간들
버릇이란 얼마나 무거운 건지 질질
끌릴수록 입 다무는 끈질긴 깊음

비문이 집요하게 뒤척이는 날카로운 고집

당신만은,
밤새 조등하여도 완성되지 않는 문장
한 줄의 신음이 떨어진 자리에서
누군가 휘파람을 분다

앵무새, 날아간다

제4부

난,

엄마. 지느러미로 날 수 있다는 걸 알았을 때
꼬리 하나쯤은 떼버릴 수 있었어요

훔친 생선을 숨겨둘 곳이 필요해요
당신의 배꼽에 숨겨도 좋을까요
입속만 아니면 어디든 괜찮은데
대신 제 꼬리를 드릴게요
팔랑거리는 지느러미를 바라볼 땐
안대를 껴야 하죠
외눈으로 보는 세상은 황홀하거든요
한쪽으로만 킥킥거려요
아픈 어항을 뒤집어쓰고 앉아
무서움을 깨무는 동안에도
전화벨이 울리는 네 번째 골목

비스듬 계단을 오르고
비스듬 악수를 한 뒤
비스듬 앉아 커피를 마시면
다시 한 번 똑바로 서고 싶어질까요
꼬리 잘린 것들은 지겹도록 말이 많죠

내 가방에 낙타를

소용돌이치는 바다를
맨발로 읽으려 한 것은 너의 실수야
세차게 머리 저어 난간을 흔들면 뒤통수는
비명보다 붉디붉어서
위태로운 것들을 가방 벗고 신발 벗어
바다로 뛰어들게 하지
바다 밖의 피라미드는 말이 없고
무너지면 안 된다는 손짓만 하고

지평선에서 뛰놀던 새들에게
가방을 입히고 낙타와 함께 잠그는 것은
잊지 않겠다는 약속인 거야
바다 건너편에 떠돌던 사막이 오면
사막 같은 사막이 오면
풀숲으로 도망간 구두는 헐거운 영혼, 혼일 뿐이야
살짝만 밟아도 멍 자국이 선명해지는

낙타를 갖지 못한 슬픔은
날마다 서툰 죽음을 불러, 울고 싶어
허리춤에 묶어놓은 태양을 떨어뜨리면

몸 안의 색들은 모래 속으로 숨고
물가를 서성이던 흰 다리만 난간을 기어올라
치마폭을 조를수록 가질 수 없는
낙타는 간절해져서 띄엄띄엄한
울음의 첫음절이 됐나 봐

놀이가 끝난 아이야
바닷가에는 사람들이 그늘을 태우고
그늘 같은 그네를 태우고
그늘을 그리워하는 사람들의 낙타를 타고
사막으로 흐르는 너를 태우고

주머니 속의 첼로

처음의 향을 기억하다니

입술을 응시하다 코끝으로 부푸는 쉼표 끌어안아도 켤 수 없는 심장의 리듬은 실눈 속 낡은 초상을 물고 늘어진 줄 이마에 던진다 일상이 달아난 자리로 반목이 막힌 그 자리로

화를 피워 꽃대를 올리는 방법을 나는 몰라 팽팽하게 숨을 참고 잘게 부순 분노를 코밑에 바르면 선홍빛 재채기가 튀어나오기도 해 오선지를 빠져나간 눈치 없는 것들만 새로운 종족이 되어 붉어지다 느려진 향을 따라가지

젖은 화요일은 오래된 구두 냄새가 나
씨앗 말고는 가진 게 없어서 목덜미를 늘이는 밤

충분했던 한낮을 치워 이제
사위를 타고 맨발이 쏟아질 테니
잘 마른 금만 밟으며

춤을 추듯
내게로 와

둥근 나라의 앨리스

아이가 그린 노란 풍선이 하늘로 올라가기 전

생각이 빨라진다 도화지 위의 빨간 금붕어가 팔딱거리자 팔목이 수초가 되고 노란 산호 활짝 피어난다 엄마 무거운 것들이 필요해요 모두 둥둥 떠오르고 있어요 아빠를 닮은 조약돌 몇 개 넣고 단단한 지붕을 덮어야 할까 봐요 냉장고로 달려가 커다란 날개를 그리자 동화책 속의 꼬마 도깨비들이 푸른 크레파스를 들고 뛰쳐나온다

엄마 입에서, 꽃이 피면 좋겠어요 아빠 빈 주머니 속엔 금화를 가득 그려 놓고 눈동자 속 젖은 해님을 꺼내 지붕에 걸어놓을게요 내가 좋아하는 귀가 큰 금붕어와 빨간 꽃들은 엄마 가슴에 숨겨둘래요 엄마! 우리 집에서 나비들이 날아올라요 아픈 엄마에게 둥근 나라를 들려주고 싶어요

아이는 검정색을 쥐고 남김없이 칠한다 순간, 꽃들은 웃음을 멈췄고 미처 도망가지 못한 금붕어와 나비들이 잡혔다

엄마 놀라지 마요

저 웃음들을 몽땅 검은 비닐 봉지에 담는 중이에요

웃지 않는 엄마 입에 붙이려고

어디만큼 왔니

응급실 말고 영안실로
거기 19호실 삼 일간 빌렸어

실눈을 뜨고 고개 돌렸을 때 봤니 달아나고 있는 것들의
뒤꿈치 밑줄 친 눈물은 흐릿한 함정이라는 경고를 기억한다
면 다물어야 했어 비명

그래 네 구두를 신고도 휘청거릴 수 있는

진저리나는 흰색이야 발등을 깨물수록 속도가 빨라지는
국화꽃의 구토 숫자를 다 세기도 전 액자 밖으로 몸을 숨기
는 것은 반칙 안 됐지만 네 서른아홉 개의 비밀은 이제 내
것 너는 그곳에서 나를 건널 수 없고 이곳의 너는 심장 왼
편에 박아두기로 하지 몸으로 치렁거리는 사루비아 때문이
었다고 해도 신호를 무시한 습관은 네 몫이므로 지독한 칠
월은 내 몫

바람이 많이 불어

축 늘어진 머리카락으로는 날 수 없어 어디만큼 갔니 물
어보면 아직도 눈썹에서 출렁거리는 너의 웃음, 하나가 모
자란 아홉은 정말 무서워 눈 꼭 감고 허공을 움켜쥐면 뚝뚝

떨어지는 젖은 인사 안녕 수미 흘려진 너를 밟을 때마다 터
져버리는 사루비아 붉다는 것보다 치명적인 실수는 젊다는
것 그래 벗겨줄게 네 머리 위 검은 리본의 둘레

타잉*

유연한 지느러미를 타고 하늘이 휘어집니다
날을 세운 한낮이 엉긴 햇살을 쓸어내리는 동안
수초 사이로 풀어지는 긴장
어둠을 부르는 반복적인 주문이
강의 쇄골 근처로 떠오르면
늘어진 겨드랑이 사이로 둥둥 떠오르면
제일 먼저 뺨을 관통하는 것은 매끄러운 속도입니다
깊이 찔린 속도를 감고 팽팽하게 당겨지는 아가미
밀실을 떠나온 대가입니다
입술이 나른해지더니 꾸물꾸물 눈물이 흘렀습니다
부드럽지 못한 배경 때문일 것입니다
멈출 수 있는 자세가 아니어서
어금니는 여전히 주저스러울 뿐입니다
숨골을 파고드는 간지러운 미늘
한 가지 기억만 풀어놓는 혀
질식을 꿈꾼 수면 위에서 조각조각
뜯긴 살결이 반짝입니다
그래도 가장 좋아하는 수의는 입술뿐이어서
살기 위해 죽음을 끊임없이 연습하는 것입니다

* 가짜 미끼로 하는 플라이 낚시.

87

저 달이 예쁘다니요

어느 선술집이었는지

양철지붕을 두들기는 빗소리가 밤으로 넘어갈 때 날카로운 것들만 무성해지는 시간이 되지 맨발로 서성이게 하는 마른기침, 반쯤 타버린 고요를 손가락 사이에 끼우고 습관처럼 당신을 생각하지

저 많은 모서리 좀 봐 당신이 예쁘다고 했던 달, 저 달이 숨기고 있는 차가운 모서리들 불안을 거세당한 한 세계가 난간에 앉아 있는 나비를 부르면 움직이지 않는 것은 모서리가 된 달뿐이어서

반짝, 슬픔이 겹치기도 하지
술잔에 가득 입술을 채우고 여전히
당신

달이 참 예쁘다,

선택

TV 속 대충 어두운 하늘 위 뿌옇게 흔들리는 유리창으로 들어서는 골목 방 대신 온기를 버린 블랙커피 그리고, 그곳에서 늙기로 작정한 여자

달큰하고도 짠 내 나는 새벽 두 시의 기시감은 어둠의 흉터인 달을 드러내지 느리게 잠을 깔면 어김없이 맡게 되는 정전

슬픔을 불러 쿵쿵거리며 조작할 때면 충혈된 24시간 편의점을 수집하는 필름 냄새

혼잣말을 손금으로 새기면 낙서가 되거나 금서가 되거나 샤넬 19번을 뒤집어쓰고 뛰어내리는 14층의 높이와 41살의 나이 당신에게 황홀하게 덤비는 고비는 어느 쪽

거기, 학림다방

1

엘피판의 스크래치 사이를 느리게 걷는 코코 테일러 갈색
소파를 스치듯 지나 나무계단을 타고 블루스, 그녀가 들어선
다 우리 사이에는 기울어진 탁자가 있고 포갠 무릎을 흔들 수
있는 담백한 작위가 있을 뿐 몸을 틀 때마다 울컥하는 그녀
의 가슴골 내밀한 음표들이 구부정한 오후를 따라 복식 벽장
속으로 사라지고 뒤늦은 햇살이 사라지고 비스듬한 그녀가
사라지기 위해 입술을 고친다 자세만큼 정직한 표정은 없다

2

찻잔을 들여다보며 머리를 쓸어 올리는 그녀는 마른 입
술을 침으로 지운다 당신을 따라 사라지지 못하는 내겐 금
을 지우는 습관이 남고 사라지는 당신을 위해 문에 걸린 종
이 흔들린다

3

창밖, 횡단보도에 갇힌 사람이 땅 위의 금을 지운다 지직
거리는 신호를 끊어버린 차들 사이로 늦은 계절이 쏟아지고
먼 시간을 돌아온 여자와 비스듬한 액자를 배경으로 마주앉
아 아무 말도 하지 않는다

구멍 속의 귀

불편한 한쪽 다리를 세우고 그녀가 구멍 속으로 절뚝거리며 들어간다 구멍에는 구멍보다 더 큰 머리를 가진 사람들이 둘러앉아 눈을 지우고 있다 스물 하고도 네 번 해가 닳아도 기억을 꺼내놓지 않는 사람들 그녀는 구멍 밖으로 나가기 위해 순한 웃음을 예리하게 갈아 금 간 벽마다 몰래 숨겨놓았다 밤만 되면 키득거리며 튀어나오는 웃음소리

*

안개 낀 강은 커다란 구멍이다 구멍 안으로 들어간 그녀를 꺼내려는 구멍 밖 혹은, 구멍 속 사람들의 귀가 지워져있다 길기도 한 그녀의 병명은 행복한사람강박관념을가진말기외로움증 그녀는 스스로 입을 지워버렸다 귀가 없는 사람들이 쉴 새 없이 지껄이는 말들은 이제 그녀의 식도를 타고 넘지 못한다

*

구멍이 그녀를 더 깊이 삼키려고 할 때 거울이 그녀의 손목을 낚아챘다 가여운 그녀를 위해 와장창 쏟아지는 바로

그 순간 사람들의 귀가 돋아났다 낡은 치맛자락이 거울 속
으로 사라지던 날 사람들은 그녀가 구멍을 빠져나간 것이
라고 수군거렸다

서쪽을 지나는 통각

휘파람이 불쑥 튀어나올 때마다 어떤 날의 배경은 초점이 없어서 한결 편안했다 그런 날의 표정은 어딘가로 꽤 오랫동안 흩어졌다 괜찮다는 말을 헛딛고 혀를 깨물었다 정수리를 관통하는 싱싱한 통증 헛딛던 말이 정확하게 송곳니를 밟았을 때 문장을 벗고 쏟아지는 순수한 욕, 이 비릿함을 똑똑히 읽기 위해 입천장을 두드리다 녹아버린 알약들

사라지기 싫어

돌아오지 못할 것 같은 불안이 제자리일 것 같은 불안을 붙들고 줄줄 울어버리고 싶은 날에도 서쪽은 뱉지 않았다 통증의 볼륨을 최대한 높이고 잠이 공명통을 파고들 때 뺨을 뚫고 나오는 황홀한 송곳니 선홍빛 모서리를 힘껏 물고 반성하지 않는 당신과 키스하기 전에는

죽어도 사라지기 싫어

국화꽃이 활짝 피었습니다

김 서린 유리창에 작은 손도장 찍을 때마다 방긋 해도 되고 동동 구름도 되는 창문 좀 열어줘 엄마 하아— 입김을 타고 하늘아 날아와 발끝에 봄을 찍어 듬성한 우리 아가 머리에 노랑 제비꽃, 복사꽃 활짝 터뜨려줘

자는 동안 내 눈이 지워졌어, 엄마 병원 가기 싫어 구두 감춘 거 미안해요 약 안 먹는다고 떼쓴 거 잘못했으니 미미 좀 보이게 해줘요 예랑이 펄펄 우는 동안 방바닥에서 링겔 병 와장창 더 크게 울고 창밖으로 흐느끼며 들썩이는 흰 눈

엄마 나 잡아봐요 세상에 돋아나 열매만 살다 간 예랑이 국화꽃 더미 속에서 빼꼼히 얼굴만 내밀고 까르르, 꽃잎들 떨어진 자리마다 어쩜 저리도 하얗게 웃음자국 찍히는 걸까 수많은 하늘 무더기로 쏟아지더니 분홍 책가방 멘 예랑이 데리고 봄볕 속으로 활활 날아갑니다

엄마, 자장가 불러주려고 베개 속에 나를 숨겨두었어

나비의 그늘

허공에 금을 그은 적도 없는데
어디서 날아와 팔뚝에 앉아 있는 걸까 나비, 나비야

거울을 향해 손 흔들면 거꾸로 출렁거리는 나비 한 마리
하룻밤, 소문 없는 뒷방에서 소리 없이 노랠 부르면 천장에
심어놓은 피아노까지 부풀어 오르던 더듬이 한 쌍 습관이란
무서운 거라며 우수수 건반들 쏟아져 내릴 때 온몸으로 얼
룩지던 나비의 그늘 아름다운 질식을 소곤거리며 목 언저리
를 지나는 것마다 어쩜 그렇게도 푸른빛이었는지 텅 빈 그
림자 속으로 날 수 있길 허락한다면 내 몸에 더 많은 나비가
날아들어도 괜찮을 텐데 번진 노래쯤이야 쓰윽 닦아버릴 수
도 있을 텐데 네가 내가 또 네가 뒤섞인 이 방이 좁지 않은
건 네가 내 속으로 들어와 자라고 있기 때문이라며 우습지,
코가 시큰거릴 때 파고드는

나야, 나비야
나비야, 나야

95

상처와 비상, 슬픔과 사랑의 등가성
—오늘의 시세계

유성호(문학평론가, 한양대 국문과 교수)

1. '이미지 자체'의 의미론을 충족해가는 세계

　　오늘 시인의 『나비야, 나야』(천년의시작, 2017)는, 등단 10
년을 훌쩍 넘긴 그녀의 '오랜 첫 시집'이다. 이번 시집에서
시인은 "어떤 불행은 한 줄 시가 되고/ 어떤 행간은 나비가
되어 달아"(「시인의 말」)난다고 말하고 있는데, 우연찮게도 시
집의 외관은 한편으로는 한없는 상처(불행)의 이미지를 품
고 있고, 한편으로는 나비처럼 비상하는 활력(달아남)의 가
능성을 보여주고 있다. 이러한 복합성을 통해 시인은 상처
와 비상의 결속 혹은 그로 인해 빚어지는 슬픔과 사랑의 등
가성을 줄곧 노래해간다. 또한 그녀는 이러한 이중의 속성
을 고요하고 정태적인 상태에 놓아두지 않고, 오히려 내면
경험의 역동성을 통해 그것을 심미적 격정의 세계로 이끌

어간다. 다양한 사물과 관념에 고유의 질감을 부여하는 창신創新의 안목과 그것을 언어의 구체적 물질성으로 바꾸어내는 치열한 과정을 일관되게 지켜가는 것이다. 여기서 우리는 오늘 시인이 구체적이고 역동적인 이미지로서의 환상적 창조물을 구현해내는 미적 세공사의 면모를 띠고 있음을 알게 된다.

두루 알다시피, '이미지'란 내면의 에너지와 사물의 구체성이 만나 이루는 감각의 재생 과정에서 발원하는 상像을 뜻한다. 오늘 시인은 자신이 만들어내는 이미지 안에 선명한 기억의 밀도를 담아냄으로써, 자신이 노래하고자 하는 대상들을 물질적으로 조형해간다. 그녀는 남다른 기억의 선도鮮度를 통해 자신의 존재론적 기원(origin)을 발견하고, 현재적 삶의 방식에 대해 심원한 성찰을 수행해간다. 그 발견과 성찰의 과정은 한결같이 어떤 격정을 동반하고 있으며, 그 격정은 소멸의 전조前兆 앞에 놓인 한시적 혼돈이 아니라, 삶이 지속되는 한 반항구적으로 지속되어갈 일종의 존재 조건으로 승화하고 있다. 언젠가 파스(O. Paz)는 "이미지의 의미는 이미지 자체이지 다른 말로 설명할 수 없다. 이미지의 의미는 그 자체로만 설명된다. 그 자신을 제외하고는 어떤 것도 이미지가 말하는 것을 말할 수 없다."라고 말한 바 있는데, 오늘 시편이 바로 이러한 '이미지 자체'의 의미론을 충족해가는 적합한 사례가 되고 있다 할 것이다. 이제 그 상처와 비상, 슬픔과 사랑의 등가성을 발견하고 성찰해가는 과정에 한 걸음씩 다가가보자.

2. 존재의 심층에서 피어나는 역설의 존재론

오늘 시편이 이미지의 복합적 연쇄와 페르소나의 다양한
제시로 이루어졌다는 것은, 그것들이 시간이나 공간의 합
리성 속에 들어앉아 있지 않음을 말해준다. 마찬가지로 그
녀의 시편이 어떤 선명한 우의적寓意的 설명으로 일관되게
파악되는 것도 아닐 것이다. 오히려 그녀의 시편은 산문적
해명(paraphrasing)으로는 직접적으로 환원되기 어려운 언어
들로 충일하다고 할 수 있다. 시인은 거기에 언어 자체에 대
한 깊은 메타적 자의식을 불어넣으면서, 사실적 재구再構로
는 접근이 어려운 세계로 우리를 안내해간다. 그런가 하면
오늘 시편은, 일견 어둑한 상처에서 생성하는 것처럼 보이
지만, 우리가 무심하게 지나치는 존재의 심층을 따뜻하게
감싸 안는 가볍고도 밝게 상승해가는 세계이다. 그 과정에
서 그녀는 자신의 몸을 투과하지 않은 어떤 언어도 발화하
지 않으며, 존재의 심층적 차원을 적극 발화해간다. 다음
시편을 먼저 읽어보자.

> 어항 안에 누워서 바라보는
> 지느러미의 상처는 문득 징그럽고
> 눈동자에 반사되는 나 아닌 것들은
> 둥둥 떠다니다가 기꺼이
> 밤으로 사라지기도
> 눈을 깜빡이는 순간은

영영 가질 수 없는 거짓말이 되고
괜찮다는 말 속에서 숨을 참아보면
아가미를 팔딱이는 일은
거짓일 수가 없어서

가능성에 대해 생각하다 잠든 날은
목이 말랐고
마른 울음이 끈질기게 눈물을 끌어
물속으로 파고들수록 목은 더
바짝 타들어가
물밖엔 어떤 가능성도 없고
유리방은 늑골 밖으로 전송되질 않는데
어디쯤에서
시작된 기다림이 상상을 끌어들인 것인지

소름이 출렁, 눈을 감고 그날을 바라보면
세면대에 담긴 모음들은 불분명하게 발음되고
온몸을 꽁꽁 싸매고 있어도 불빛만 있으면
밤인 줄도 모르는 부끄러움은 역하게 환해서
길들여진 것은 먹이를 숨긴 돌멩이들뿐
낡은 트렁크와 신문이 가지런하게 슬픈

꿈속에서조차 하늘은 당겨지질 않아
쨍강, 화분이 된 어항의 착각은 무섭지만

꼬리만 내놓고 심은 모습은 활짝 핀 꽃 같을까

흙을 움켜쥐면 뿌리가 될 수 있을까

붉은 아가미를 노리는 것은 화분만이 아니어서

가릉거리는 빗소리를 들키기도

잠은 순서 없이 엉켜 있고

눈 뜨고 싶지 않다는 말 외에

무어라 설명할 수도 없는 이 꿈은

어쩐지 깰 것 같지가 않아

온몸이 천천히 유리에 물들 때 비늘은

충동적으로 반짝이는데

—「유리 물고기」 전문

   오늘 시인이 창조해낸 환상적 이미지이자 시편의 주인공
이기도 한 '유리 물고기'는, "지느러미의 상처"를 안은 채 "눈
동자에 반사되는" 수많은 기억들이 사라져가는 것을 바라보
고 있다. 이때 '상처'와 '사라져감'은 그 자체로 "영영 가질 수
없는 거짓말"처럼 '유리 물고기' 자신의 존재 증명이 되고도
남을 것이다. 목이 마르고 울음이 눈물로 이어지는 동안,
그가 생각하는 '가능성'은 "어디쯤에서/ 시작된 기다림이 상
상을 끌어들인" 순간 자신의 모습을 드러낸다. "세면대에
담긴 모음들"은 불분명해지고 "불빛만 있으면/ 밤인 줄도
모르는 부끄러움"이 번져갈 때, 그는 서서히 시간의 흐름을
따라 "화분이 된 어항의 착각"을 거쳐 "흙을 움켜쥐면 뿌리

가 될 수 있을까" 하고 스스로에게 묻는다. 과연 어항이 화분이 되고, 물고기가 뿌리를 가질 수 있을까? 아마도 불가능할 것이다. 하지만 시인은 엉켜드는 '잠'과 잠겨가는 '말' 사이에서, 온몸이 천천히 유리에 물들어갈 때 자신의 비늘이 반짝이는 순간을 맞는다. 여기서 '유리 물고기'라는 가공적 상상체는, 오랜 기다림을 통해 존재론적 상처와 부끄러움을 넘어서면서 환하게 반짝이는 순간에 가닿는 갱신과 상승의 존재로 거듭난다. 말하자면 그것은 '오랜 시간'과 '짧은 순간'의 교차적 환각을 통해, 마치 뿌리를 가진 '꽃'처럼 자신의 존재 방식을 전환해가는 시인 내면의 상상적 등가물로 나타나는 것이다. 그렇게 '유리 물고기'는 상처와 부끄러움과 잠과 말을 통해 '뿌리'에 가닿고자 하는 오늘 시인의 내면적 열망을 적극 환기한다. 그야말로 내면에서 일어나는 움직임을 통해 "잠시라는 말과 오랫동안이라는 말의 시간이 같다는 것"(「그 순간의 모든」)을 입증해가는 시편이 아닐 수 없겠다. 이처럼 오늘 시인의 작법(作法)은 창의적 이미지 안에서 꿈틀거리는 격정의 세계를 지향해간다.

꽃이 나비에게 집중한다는 것은 바람의 방향을 놓치고
있다는 것 바람의 방향을 놓친다는 것은 부끄러운 뿌리를
들킬 수도 있다는 것 바람을 타기 위해 서둘지만 않는다면
들키지 않는 약속을 나눌 수 있는 것 나를 핥아줘, 꽃대를
내밀면 나비의 발가락은 혀보다 부드러워 입술을 놓친 조바
심은 그저 가벼운 바람 과거형의 아름다움으로 나비의 눈

을 바라보지 말 것 완료된 진실이 품고 있는 독성에 눈멀지
않기 위해 요동치는 뿌리를 잠재울 것

물어뜯은 손톱을 뱉은 자리마다 멍이 피어나는
나비의 집중

—「숨」전문

이 작품 역시 상처와 비상의 변증법을 담고 있다. '숨'이
라는 지극히 원초적인 생명 현상을 통해 시인은 '꽃'이 '나
비'에게 집중할 때 언뜻 "부끄러운 뿌리"를 들킬 수도 있다
는 것을 상상해본다. 여기서 "부끄러운 뿌리"는, 앞의「유리
물고기」처럼, 자신의 존재 방식을 일거에 바꾸어버리려는
화자 자신의 열망을 그대로 표현하면서, 동시에 그에 따르
는 존재론적 불안을 부분적으로 반영하고 있다. 이제 시인
은 "부끄러운 뿌리"를 내면에 품으면서 한편으로는 "요동치
는 뿌리"를 잠재워간다. '부끄러움'이 '요동'을 넘어서는 그
순간, 시인은 상처뿐인 "멍이 피어나는" 순간을 맞을지라도
그것이 가장 '숨'을 집중할 수 있는 순간임을 알아간다. 예
컨대 이러한 표현은「화상」이라는 작품에 나타난 "꽃의 날들
이 지나면, 꽃 같은 애인의 이름 위로 시간이 번져 시들거
라는 걸, 눈물에 데어 흉터가 된 이름을 다시 내게로 가져
올 것을 알기에 슬펐어"라든지 "뜨거운 한낮이 지나고 등에
서 자고 있는 나비가 깨어나기 전 당신의 상처도 잠들었으
면 좋겠어" 같은 상처의 역설적 존재론으로 이어지고 있다.

이처럼 오늘 시인은 "살짝만 밟아도 멍 자국이 선명해지는"(「내 가방에 낙타를」) 어둑한 상처에서 시세계를 발원하면서도, 존재의 심층을 따뜻하게 감싸 안는 곳으로 시를 이끌어 간다. 그리고 가볍고도 밝게 상승해가는 존재론적 전화轉化의 순간을 노래해간다. 그 역설적 존재론이 바로 오늘 시인이 직조해내는 환상적 창조물에 얹혀 환하게 반짝거리고 있는 것이다.

3. 균열과 불화를 감싸 안는 심미적 감각

오늘은 풍경이나 사물을 향해 직접 달려가는 것에 대해 본능에 가까운 거부감을 가지고 있는 시인이다. 그만큼 그녀는 풍경이나 사물에 대한 경험을 자신의 내면에 유추적으로 끌어들이고, 그 과정에서 필연적으로 생겨나는 사물과 주체 간의 균열 내지 불화의 형상을 포착해낸다. 그러한 균열과 불화의 형상을 통해서만 그녀는 자신의 경험과 감각과 기억에 관해 발화하고 표상하는 것이다. 그래서 독자들은 그녀가 그려가는 풍경과 그녀가 고백해가는 내면 사이에 개재하는 형상을 통해, 시인이 세계내적 존재로서 견지하려는 세계 이해 방식과 간접적으로 만나게 된다. 따라서 그녀는 기억의 구체성을 재현하기보다는, 소멸해가는 풍경을 따뜻한 심미적 감각으로 감싸 안으려 하는 시인으로 등극한다. 물론 그러한 감각을 가능하게 했던 것은 그녀의 아름답고도 슬픈 감각적 구성력이 아닐 수 없다. 다만 그러한 감각들이 끊임없는 균열과 불화의 힘으로 출렁이고 있을 뿐이다. 그러한 소멸의 힘으로 그녀는 기억의 잔상殘像을 소박하게 재현하지 않고 심미적 소멸의 격정을 담아내는 쪽으로 흘러간다.

> 낯선 당신을 서성이는 대신
> 걷기로 한다
> 주머니 속엔 한 잔의 커피와
> 한 사람을 건너올 차비가 있다
> 충분한 휘파람이다 혼자서는
> 젖은 시간을 재촉할 수 없다 찢어진
> 신문이 가로등을 끌어안고
> 상처가 없는 사람을 리필해서 마시고
> 네온사인 따라 흐르는 동안에도 당신은
> 울지 않는다 붉은 보도블록이 교대로
> 사라지는 맨홀
> 느슨한 불안을 깨우는 중이었고
> 걷기에 충분한 이유가 눅눅해지는 중이었다
> 번지수를 지운 골목마다 이마에
> 목련꽃을 그었을 때 한 세계를
> 쉼표도 없이 들일 수 있다고 믿었다
> 걷는 이유를 물었다
> 숨고 싶은 모퉁이를 만드는 거라고 했다

버릴 것이 많기 때문에, 라고 했다

버린다는 것이 무엇인 줄 아느냐고 물었다

깨진 질문으로 튀어나오는 골목이

안전하지 않은 것은 무성의한 대답 때문이다

무딘 질문은 대체로 잔인하다

당신도 그러하다

　　　　　　　　　　　　　—「골목이 돌아오는 밤」 전문

　시인은 "낯선 당신"을 호명한다. 서성이지 않고 당당하게 '걷기'를 택한 그녀는, 자신이 가지고 있는 "한 사람을 건너올 차비"와 "한 잔의 커피"가 "충분한 휘파람"을 가능하게 하고 "상처가 없는 사람"을 지워가는 힘을 준다고 고백한다. "붉은 보도블록이 교대로/ 사라지는 맨홀"과 "숨고 싶은 모퉁이"를 "느슨한 불안"으로 걸으면서, 그녀는 밤에 자신이 걷는 이유를 "버릴 것이 많기 때문에,"라고 내뱉는다. 이때 시인은 "버린다는 것"이야말로 자신이 걷는 골목으로 하여금 궁극적으로 돌아오게 하는 힘이 될 수 있다고 상상해본다. 그러니 비록 시인이 온몸으로 다가오는 상처와 불안을 느낀다고 해도, 시인은 그것들이 하나하나 사라져간 후 엄습해오는 '낯선 당신'의 잔인하고도 깨어진 질문에 이르는 기막힌 경험을 하게 되는 것이다. 그리고 바로 그 질문은 시인이 스스로에게 던지는 균열과 불화의 이미지를 담아내게 된다. 아닌 게 아니라 시인은 여러 시편에서 "네가 내려간 자리에 아직도 남아 있는/ 무게의 흔적"(「저울을 베고 눕는 것들』)을 생각하고, "몸을 닫고 사라지는 기척은 아름다운 것"(『잠수정을 타고 가는 삐에로』)이라고 노래하지 않았는가? "낯선 신음이 바닥을 서성이는 동안"(『개와 늑대의 시간』), 그렇게 그녀는 자신만의 "심장의 리듬"(『주머니 속의 첼로』)을 찾아갔을 것이다.

빈 테이블이 없는
나는 다음을 약속한다 평범한
이별이다 무의식적인
약속, 다음

의자는 문득 생기고 주문한 샹들리에는 오지 않는다 형광등이 깜빡이며 긴 시간을 자투리로 만든다 당신과의 다음이 미뤄지는 이유다 수화기를 들지 않는 것은 간절하게 원하는 표정이 없기 때문이다 당신이 나를 기다리는 한 우리의 다음은 사라지지 않는다 크리스털 잔을 준비하고 새빨간 스웨터를 입었지만 여전히 테이블은 비어 있다 향기로운 저녁을 줄 수 없는 나는 당신에게 가지 못한다

나의 테이블 위에 당신이 눕는다
뺨을 어루만지던 손으로 당신의 심장을 만져본다

문을 두드리지 못하고 돌아섰던 수많은 발자국이 한꺼번에 쏟아진다 테이블을 채울 수 있는 것은 당신뿐이었다

는 걸 이제야 알겠다 심장이 멎어도 30초간 청각은 살아 있

다는데 나를 사랑하는 당신은 30초 안에 이별하지 못하고

여전히, 다음을 재촉하지 않는다

─「30초」전문

'30초'라는 짧은 시간 동안 시인은 '당신'과 약속하고, 다음

을 약속하고, 이어 재촉을 멈춘다. 어쩌면 '30초'는 약속을

하고 이별을 하고 또 무의식적으로 약속을 또 하고 마침내

당신과의 다음이 미루어질 수 있을 충분한 시간일지도 모른

다. 시인 스스로도 "당신이 나를 기다리는 한 우리의 다음은

사라지지 않는다"라고 당당하게 이야기하지 않는가? 이처럼

'당신'에게 가지 못하는 '나'는 여전히 "당신의 심장"을 만져보

면서 "수많은 발자국"을 통해 '나'를 "채울 수 있는 것은 당신

뿐이었다는 걸" 알아간다. 심장이 멎어도 30초간 청각은 살

아 있듯이, "나를 사랑하는 당신"은 그 짧은 시간 안에 충분

하게 완벽한 이별을 하지 못하고 다음을 재촉하지 않는 상태

로 남는다. 그처럼 시인은 기나긴 기다림을 택하면서 자신

의 상상적 존재론을 만들어간다. 비록 부재와 결핍의 상황

이지만, 그런 상황을 견뎌가면서 상상적 충일의 "마음을 가

지는 비법"(「꽃, 뱀」)을 배워가는 것이다. 이렇듯 오늘 시인은

자신을 둘러싸고 있는 균열과 불화의 상황을 따뜻한 역설로

감싸 안으면서 자신만의 심미적 감각을 선명하게 구축해간

다. 그 감각은 소멸과 부재로만 있는 '당신'을 기다리면서 여

전히 '당신'으로 인해 구성될 수밖에 없는 자신의 존재를 성

찰하고 또 증명해가는 가장 강력한 방법적 기제가 된다. 이러한 '당신'을 향한 불가피한 경사傾斜는 그녀의 시편을 순수한 사랑의 시학으로 이끌어가게 된다. 다음을 더 읽어보자.

4. 비극적 자기 확인을 넘어서는 '사랑'의 힘

오늘 시인이 우리에게 가장 절실하게 전해주는 전언傳言 가운데 하나는, 소멸해가는 시간의 이미지 뒤편에 숨어 있는 '사랑'의 열도熱度이다. 그녀의 언어가 드러내는 외연은 시인의 의도를 어슴푸레하게 그려 보이는데, 여기서 그녀의 생애를 지탱하는 것은 그녀만의 기억과 감각 속에 존재하는 '사랑'의 마음이다. 이때 그녀의 '사랑'은 아득한 기억의 힘을 빌려 번져나간다. 아닌 게 아니라 오늘 시편을 이루는 확연한 구심은 사랑의 에너지로 충만하다고 할 수 있는데, 그녀에게 '사랑'이란 자기애自己愛 같은 것이 아니라 타자를 향해 퍼져나가는 어떤 힘과 연관된다. 하지만 이같이 온전한 의미에서의 사랑은 그녀에게 허락되지 않는다. 오히려 그러한 사랑이 부재하는 상황에서 그녀의 시는 생성되고 있을 뿐이다. 따라서 비극적 상황 안에서 발생하는 사랑의 결여 형식이 그녀 시세계의 바탕이 되고 있는 것이다. 그 안에 시인의 내면적 격정이 들어 있고, 그 사랑은 비극적 자기 확인의 풍경을 넘어서게 된다.

달이 떨어진 자리에

눈이 내려요

한 사람이 떠나고 내리는 눈이

길을 켜주고 있어요

깊게 패인 발자국 위로 어젯밤이 흘러요

얼음 속 구두를 꺼내 신고 길이

버린 가방 안으로 들어가요

가방 안의 시간은 얼어 있고

유리창에 귀를 대면

무릎까지 낮아지는 소리들

눈은 감기는데 생각이 감기질 않고

질퍽한 상상 속으로

울음만 쌓여요

나를 켜두고 한 사람이

어두워져요

아무도 없는 창 안을 켜두는 것은

돌아오겠다는 뜻이에요

빈집에서 한 사람의 체취가 자라나고

충혈된 꿈과 잠 사이로 흐르는 전화벨

그치지 않는 눈 때문에 시월이 사라지고

한 사람이 사라져요 사방은 캄캄하고

눈이 내려요

환한 어둠 속에서

떨어진 달을 끌어안은 빈집이

한 사람을 기다려요

—「시월인데」 전문

　여기서 "달이 떨어진 자리"는 한 사람이 떠난 자리이기도 하다. 거기 내리는 눈발은 마치 시인이 걷는 길을 밝히는 등과도 같다. "깊게 패인 발자국"과 얼어버린 "가방 안의 시간" 그리고 "무릎까지 낮아지는 소리들"은 모두 시인으로 하여금 울음만 늘려가게 하는 비극적 조건을 환기한다. 그렇게 '나'를 켜두고 떠난 '한 사람'이 지극히 어두워질 때, 시인은 아무도 없는 창 안을 켜두면서 '돌아옴'에 대한 희망을 버리지 않는다. 이제 겨우 '시월'인데, "흔들리는 당신의 눈빛"(「가위바위보」)처럼 눈발은 그치지 않고, '한 사람'이 사라져가고, 사방은 더욱 어두워지고, 시인은 그렇게 "환한 어둠 속에서" 여전히 '한 사람'을 기다릴 뿐이다. 하지만 어떻게 생각하면 이러한 가혹한 기다림이란, "너를 사랑하는 것은 이번 생의 배역"(「잠수정을 타고 가는 삐에로」)이었기 때문일지도 모른다. 이렇게 시인에게 '사랑'이란, 근본적으로 충족이 불가능한 소모적 파토스pathos일지도 모른다. 하지만 오늘 시인은 이러한 사랑의 기억과 열망이 자신의 삶에서 끝없이 출렁이기를 갈망하면서, 비록 사랑하는 대상은 떠났지만 다시 그 대상이 상상적으로 함께해주기를 기다린다. 그럼으로써 사랑의 복합적 속성을 사유하고, 나아가 그것이 인간 내면의 가장 내밀한 정서라는 점을 깊이 있게 보여준다.

비가 덧칠되는 자정이면
헝클어진 얼굴로 들어서는 당신
열린 지퍼 속으로
앵무새가 날아온 것이 우연이었다면

부끄러움이 외곽으로 빠지는 것도
설명할 수 있어야 한다 감출 수 없는 들뜬
새끼손가락 대신 한쪽으로 치운 먹먹함이
새장 안에 갇히고 있는 지금
창밖에서 부옇게 서성이는 그림자는
누구의 부끄러움일까

새벽까지 숨소리를 당기던 벽이
쪼개지고 있다 서로의 자화상을 그리는
새벽 두 시에서 세 시 사이의 분절음
돌아누운 당신을 불러 어젯밤을 본다
뒤집어 고쳐 읽어도 바닥에 닿지 않는
지독한 행간들
버릇이란 얼마나 무거운 건지 질질
끌릴수록 입 다무는 끈질긴 깊음
비문이 집요하게 뒤척이는 날카로운 고집

당신만은,
밤새 조등하여도 완성되지 않는 문장

한 줄의 신음이 떨어진 자리에서

누군가 휘파람을 분다

앵무새, 날아간다

— 「누군가 휘파람을 불었다」 전문

이번에는 비 내리는 밤이다. "헝클어진 얼굴로 들어서는 당신"은 '나'에게 감출 수 없는 "먹먹함"과 "부끄러움"을 가져다준다. 새벽까지 서로의 자화상을 그리면서 '나'와 '당신'은 "분절음"처럼 "뒤집어 고쳐 읽어도 바닥에 닿지 않는/ 지독한 행간들"로 남는다. "비문이 집요하게 뒤척이는" 동안 '당신'은 "밤새 조등하여도 완성되지 않는 문장"처럼 "한 줄의 신음이 떨어진 자리"에 남아 있다. 누군가 휘파람을 부는 순간도 그렇게 환하게 왔다가 어둑하게 사라져간다. 여기서 시인이 노래하는 '분절음/행간/비문/문장'의 연쇄적 자의식은 '시詩'를 통해 이러한 상황을 극복해왔을 시인의 오랜 실존적 시간을 환기해준다. "그대를 날게 하는 것은 부드러움,"(「어쩌면이라는 주문」)이었듯이, 오늘 시인은 "당신을 통해 나는 나를 낳을"(「오렌지가 굴러가는 오후」) 생각을 통해 "여전히/ 당신"(「저 달이 예쁘다니요」)만이 자신의 존재 조건임을 확인해간다.

우리가 세상을 살아가는 것은 '나'의 몸과 '당신'의 몸이 서로 깊이 얽히면서 교환되고 또 상생해가는 것을 뜻한다. 이때 '몸'은 개체성을 만드는 물리적 바탕인 동시에 '나'와 '당신'을 잇는 관계론적 매개 역할을 하는 중요성을 띤다. 그러한 역할이 소거되는 순간, 몸도 사라지고, 언어도 사라지고, 마침내 우주도 사라져간다. 그리고 비로소 길 끝에 놓여 있던 모든 문장들도 사라져갈 것이다. 오늘 시편은 이러한 존재론적 사라짐 앞에서 부르는 간절한 노래이다. 꿈과 현실을 역동적으로 넘나드는 상상력의 활력을 통해, 사랑의 불가능성과 불가피성을 동시에 알아가는 세계이다. 이때 슬픔은 그녀의 시를 따뜻한 사랑과 심미적 감각으로 결속하게끔 하는 원동력이 되어주는 것이다. 비극적 자기 확인을 넘어서는 격정적 사랑의 힘이 거기에서 생겨난다.

5. 오랜 시간 속의 '기억의 현상학'

두루 알려져 있듯이, '시詩'는 인간의 의식이나 속성을 파악하는 것이 순연한 이성으로만 되는 것이 아니라, 감각적 현존을 통해서도 가능하다는 것을 선명하게 보여주는 첨예한 언어 양식이다. 그 점에서 오늘 시인이 견지하고 있는 감각적 언어들은, 시가 끊임없이 우리의 현재적 감각과 인식을 탈환하는 시간 예술임을 확인해주는 첨예한 물증이 된다. 시인은 그 시간 안에 웅크리고 있는 오래된 세계를 차례로 인화해가는데, 그것이 말하자면 '그때, 거기'에 관한 추억일 것이다. 그리고 그 과정에서 생성되는 '기억의 현상학'이 이번 시집의 한켠을 이루고 있다고 할 수 있을 것이다.

1

엘피판의 스크래치 사이를 느리게 걷는 코코 테일러 갈색 소파를 스치듯 지나 나무계단을 타고 블루스, 그녀가 들어선다 우리 사이에는 기울어진 탁자가 있고 포갠 무릎을 흔들 수 있는 담백한 작위가 있을 뿐 몸을 틀 때마다 울컥하는 그녀의 가슴골 내밀한 음표들이 구부정한 오후를 따라 복식 벽장 속으로 사라지고 뒤늦은 햇살이 사라지고 비스듬한 그녀가 사라지기 위해 입술을 고친다 자세만큼 정직한 표정은 없다

2

찻잔을 들여다보며 머리를 쓸어 올리는 그녀는 마른 입술을 침으로 지운다 당신을 따라 사라지지 못하는 내겐 금을 지우는 습관이 남고 사라지는 당신을 위해 문에 걸린 종이 흔들린다

3

창밖, 횡단보도에 갇힌 사람이 땅 위의 금을 지운다 지직거리는 신호를 끊어버린 차들 사이로 늦은 계절이 쏟아지고 먼 시간을 돌아온 여자와 비스듬한 액자를 배경으로 마주앉아 아무 말도 하지 않는다

—「거기, 학림다방」 전문

오늘 시인은 '거기'라는 표현을 통해 이제 그곳이 '여기'가

아님을 에둘러 말하고 있다. '거기'에는 "엘피판의 스크래치"나 "코코 테일러 갈색 소파"의 느리고도 오랜 풍경이 있다. "나무계단"과 "기울어진 탁자"와 "복식 벽장"의 담백하고도 구부정한 사라짐이 있다. 아마도 오래전부터 비스듬하고 뒤늦은 오후 햇살이 "거기, 학림다방"을 비추고 있었을 것이다. 장면이 바뀌면 "찻잔을 들여다보며 머리를 쓸어올리는 그녀"가 "당신을 따라 사라지지 못하는" 시간이 따라온다. 언제나 시인에게 "사라지는 당신"일 뿐인 그는 "문에 걸린 종"처럼 흔들려간다. 그렇게 "먼 시간을 돌아온" 이들의 기억이 침전물처럼 남아 있는 다방에서, 시인은 이제 그곳이 '여기'가 아니라 '거기'임을 다시 한 번 확인해간다. 흐릿한 상실감과 뚜렷한 실물감이 공존하는 기억의 현상학이 거기 꿈틀대고 있는 것이다. 가령 그것은 "점점, 바깥이 사라져"(『양파 속엔 나비 한 마리』) 안으로만 감겨드는 시간을 잡아내고, 궁극에는 "매서운 속도"(『시끄러워, 뻐꾹』)를 가진 시간의 흐름을 순간적으로 붙잡는다. 그렇게 이 시편에서는 "온몸으로 얼룩지던"(『나비의 그늘』) 시간이 "동화 속으로 미끄러지고"(『친애하는 여우씨』) 있고, 우리는 아무 말도 하지 않은 채 '거기'를 지키고 있는 것이다.

그렇다고 기억의 현상학에 매진하는 오늘 시편이 자기탐닉의 나르시시즘으로 단순하게 귀결하는 것은 결코 아니다. 오히려 그녀는 탄탄하고도 견고한 지적 절제를 통해 사물의 속성과 자신이 지나온 시간을 균형 있게 응시하면서 그것을 심미적 이미지로 변형하는 지속적 활력을 보여준다. 그래서 그녀의 시편은 성장 서사를 얼개로 편성하기 쉬운 첫 시집의 문법을 훌쩍 뛰어넘으면서, 다양하게 산포되고 확산되어가는 심미적 풍경을 펼쳐내고 있다. 우리가 천천히 읽어왔듯이, 그것은 상처와 비상이, 슬픔과 사랑이, 한 몸을 구성하면서 등가적 원리로 아득하게 번져가는 세계이다. 그 점에서 그녀의 첫 시집이 우리 시단에 이제 나오는 뜻이, 퍽 깊고 소중하기만 하다. 그리고 그 깊고 소중한 성취와 기대를 안고, 그녀는 두 번째 시집으로 조용하고 격정적으로 비상해갈 것이다.